歩行感覚

鳥飼丈夫詩集

Torigai Takeo

詩集　歩行感覚＊目次

I

II

詩集　歩行感覚

I

遠い街

遠い街のことは
もう昔のことのように思われた
手作りパンの有名な店のことや
取り壊されたビルの空き地に
ナデシコが咲いていた日のことなど
思い出されて楽しい気分になったが
行く末を考えると急に心が重くなった

夜風が寒気を連れて

街の人々の暮らしに氷の棘を垂れ込める
楽しかった日々は木箱に閉じ込めて
肥沃な黒土に埋めよう
再び地上に出ることはない
やがて木箱も腐食して
冷たい土に交わるがいい

それより　旅立つなら今だ
つまらぬしがらみを捨てて
開放された時空へ行方をくらます
たどり着く地は見つからなくとも
来し方を捨てて来た価値はある
さらに冷たい北国に
語られない生の記録を探そう

旅人は歩き続ける
永劫の時間を歩くことで存在する
疲れを癒やす粗末な炉端
赤い薔薇も炎ほどの暖かさはない
榾(ほた)がはぜる
眠りの底で鈍い音を聞きながら
明日の夢を見る

絵葉書

届いた音は
不在の人の声に似ていたが
鳥のさえずりだった
修理に出した時計を壁にかけると古い音を出した
光のまぶしい昼下がり
街の通りに出て無為な時間を過ごした
流れるリズムに昔の音を探したが
意味のないことに思われた
石段を上って行く人の後姿が

黄色い花びらのように揺らいで消えた

ひたすら歩いた
坂の街だった
街の一番高い所に給水塔が見える
陽が傾きはじめると
風の冷たさに冬の気配も感じられ
人々が家に戻り始めた
歩いて来た小路に人影が行き交い
生活の音も家々から伝わってきた
そろそろ帰る時間だ
坂を下ると線路に突き当たる
轟音を立てて電車が走る
異界から戻ったような錯覚

家に帰るとあの人に出した絵葉書が戻っていた
不在通知が貼ってある
生死もわからない
あの人が住んでいた町の静かな夕べを思い出し
絵葉書を机の抽斗にしまった
残る夕陽が窓から射して
水仙を挿したガラス瓶の底に虹色をかけた

雲の諸相

動的な雲の諸相
沈黙した街の見えない敵の予兆
繰り返される凡庸な日々
何かを探しているのだが
頑強な壁の向こうは深い闇
人々の息をひそめるような沈黙
崖の草が波打って風景は歪み始めた
私の歩こうとしている方向に
不確かな貌容が霞のようにただよっている

無表情な壁が青空を背景にしてクローバーの原を
囲んでいる　そこにいた記憶は遠く　時間が透き
通ってゆく　子どもの走る姿が　ぼんやりとした
痕跡を残し　蔦の這った石段が人を拒んでいる
戻ることの無い風景はかすれてゆく　大切なもの
を忘れたのではないか　放射状のひびが忍び寄る

薄れゆく錆色の記憶
私の息は細くなり脳髄は変色した
通りの影にたむろする者たち
笑い声やかすれた声が聞こえたが
風景は灰色に沈み冷気が肌を刺す
都市生活者の廃液が側溝に溜まり

発酵の時を待っている
雲間から射す光に物語が動き出す
壁に挟まれたひと気のない道が
この界隈の出口
細い道は土手へと続く
運河に出ると風が出て
歩き始めた人は大きく息をした

都市の朝

深い森の中は
夜更けの街ほど孤独ではない
街灯の冷たい光も
道行く人の心まで照らせない
夜を紡ぐのは風の言葉
持ち主の分からない言葉のかけらを
細い糸で繫いで　そっと心に伝える

東の空が白み始め

闇の街がほのかに輪郭を見せ
見失っていたものが少しずつ現れる
夜が吐き出した嘔吐が側溝に流れ出す
つめたい夜に眠れない者たちが
ビルのすき間に潜り込み眠りにつく

変色した記憶の形象
ちぎれ雲は海に溶け込み
海霧が都市を包み込む
濡れた街路がネオンで彩られ
虚飾の街が消えてゆく
夜を明かした者たちが地獄の朝を迎え
「モーニング」のトーストに齧りつく

冬の一夜

——冬の旅を続けてください
星座を見る旅を
澄んだ夜空に余白はなくて
散らばる星で埋め尽くされている
銀河鉄道に夢を乗せた人も
遥か遠くへ去った
冥王星の果てまでも
見える限りの果てまでも
それより今夜の食事のメニューは何にしよう
——生活の温もりが欲しいのですね

火照る粗末な暖炉を前にして
何十年も前の思いを火にくべる
明日は旅に出る人の
最後の夜なのに
人生の何も語られなくて
言葉が炎の中で消えてゆく
——体を暖めてください
幸せを求めた瞬間につめたい風が吹き
私の胸は凍てつき始めた

明日は春という日に
野山に咲く花の話もしないで
——あなたは炎を見つめていましたね

深夜のスナック

街に出た日はいつだったか
——嫌な事を忘れて飲みましょう
——いいですね　それが一番
薄笑いを浮かべて乾杯したスナックのママ
カウンターの奥は深い闇
シャンパンの泡が音をたてた
ママの豊胸は懐かしい風景の象徴
胸の谷間に一万円札を入れてくれる老紳士の話や
離婚した男の話など聞かされた

――儲かっていますか
――ぼちぼちネ
そんな他愛ない話をした

時計は十二時を過ぎていた
店を出ると深い森の中
湿った空気が充満し
私の身体を包み込む
闇の中から死者たちの懐かしい声を聞いた
遠い昔の後景が閃光のように見えたが
直ぐに消えた
夜風が湿気を払ってゆく
信号の青い光を頼りに歩き始めた

一日の始まり

朝の光は部屋に満ち
コーヒーの湯気が漂う
一日の始まり
穏やかなひととき
実態のない幸せと耳障りのいい言葉
影に隠れたものの不穏な暗示を
私の体感が受け止める
人を憎悪するにはあまりに静かな時間なので
憎しみは薄らいだが消えはしない

この静かさが　実は
怖いのだ
平穏は長続きせず壊されてきた
積み石は崩され黒い地下水が滲み出る
中天の光の中で瑠璃色の玉が散らばって
私の瞳の中に広がった
海　海　海　マリンブルー
草と海と青い空
三層の青い色が
私の心をみずいろに染める
心が流れて　軽くなって
空の上へと溶けてゆく

散歩道

人のいない空間に慣らされて
感覚は刺激のない時間の中で麻痺した
いつもの散歩道
水溜りの中に雲が浮かぶ
風景の幾何学的な広がりに空は分断され
鳥が方向を見失った
壊れたドアの向こうの別な時間
どこかで話し声がする　やがて
動かぬ空気に閉じこもる

問うことのない顔
求めることもない顔
顔の輪郭だけが赤い夕日の中に残り
透き通る体軀に吹き抜ける風
私の探していたものは何だったのか
綿アメを持った子が走ってゆく
黄金の光に溶け込んで
誰かを呼ぶ声だけが街に残った

振り返ると荒地に草は絶え
風の向こうに砂塵で隠れる街がある
歩き疲れた人は海の見える崖に来て
わき上がる雲の形を見ていた

カフカ通り

カフカ通りの細い道を入って行くと
西日が眩しくて道は途中で切れていた
抜けられると思ったが無駄だった
石段を下りた辺りで立ち止まると
眼下に海が見える
それだけで得をした気分になった
街の中心地に向かっているのだが
ここでもいいかと思った
毀れた家の庭に黄色い花も咲いている

人の住まない家は軒端が傾き
錆びたトタンが音を出す
向かいの家の窓から老女がこちらを見ている
媼の面のような白い顔
黙ってこちらを見ている

路地に戻ると散歩する人がいる
風が抜けていくだけの細い道も
時には歩く人もいるのだ
「近くの人ですか」と聞くと
「東京からです」と言う
背広を着ているのでセールスマンのようだ
地元の人に広場に出る道を聞いた
三人の人に聞いたが同じ説明は無かった

坂道の多い街では長く住んでいる人さえ道に迷う
今日も誰かが道に迷っている
広場にはついに出られなかった

浮き雲

初夏の浮き雲
波立つ草の原
川沿いの作業所から出る鉄の焦げた臭い
うち捨てられた台車が水に浸って
真っ赤に錆びている
川底の泥が車輪の一部を埋めている
中天の光が注ぐ明るい水中の世界
水面を流れる虫のささやかな動き
真昼間のけだるさ

能因法師*のような人が歩いている
空を見上げて歌を詠んでいるようだ
これからどこへ行くのかと聞くと
――白河の関まで行く
とのことだった
法衣のような和装が風で靡いている
この人は旅の僧に違いない

昼を告げる工場のサイレンがうなる
ざわついた人の声
さっきの法師はどこかへ行った
土手では数人の工員がコンビニ弁当を広げている
川の上に雲が出ていた

白河の方まで流れて行くのかなあ

＊能因法師　平安時代中期の歌人

Ⅱ

集落

山間の集落には
人生の終章を生きる人たちが住んでいて
静かな時間が流れている
耕作放棄地に夏草が繁る
耕していた人は姿を見せなくなり
子どもの声は絶え　若者の姿も消えた

集落を貫く白い県道は
真昼の光の下で白く乾き

少しの風が吹くだけで土ぼこりが立った
演歌を流して移動スーパーの車が来る
高齢者があちこちから出て来て
話し声が広がる
暫し集落が賑わう時間

車が去ると元の静けさ
道沿いの草がわずかに揺れて
夏の涼しさを呼んだ
鶏の声が一瞬聞こえたが
その後は何もしなかった

高度経済成長期の働き盛りは
ふる里で静かに生きている

タチアオイの花が咲く
この集落の唯一の彩り
この夏の花を育てているのは
企業戦士と言われた人だった

居酒屋店主

連休が終わって
人々は帰って行った
半島に吹く風はいつも通り
何も変わらない
何も
晩夏の港町はもとのまま
海岸通りの居酒屋は
日が明るいうちから混んでいる
時間をもてあましている人たちの憩いの場

店主は哲学書が愛読書
「勉強してるんですね」と
客がひやかすと
「死ぬのが怖いからね」と
照れくさそうに目を伏せた
海藻を付けた女がやって来て
上がったばかりのイサキを売る
「一尾五〇〇円は高いよ」と店主が言うと
三〇〇円になった
「哲学を勉強するといいこともある」と
店主は嬉しそうに言った

縁日

春浅い日
縁日のお囃子の賑わい
地を這う唸り声
それは禰宜の祝詞の前の儀式
獣のような声は原始の叫びにも似て
雪の溶けた黒土にしみ込んでゆく
幸せだった詩人の日々は
幻想の人と共に
雪国の墓地に埋葬され

湿った土の中で沈黙の時間を生きる
——お婆さん　今年も縁日で会いましたね
——小さな社の屋台で綿アメを買ってたべましょう
——綿アメの一つを空に投げて雲にしてください

誰かが風船を飛ばした
風船はお宮の欅の枝先で風と戯れている
梢にひっかかった風船
風船を放した子どもは黙って見上げている
もどることのない赤い風船
風が吹いて枝から離れ
透き通った早春の空へ吸い込まれてゆく
赤い風船は点となり　やがて

見えなくなった
青い空に
さっき投げた綿アメが丸い雲となって浮かんでいる

六月

六月を好んだ詩人の
果樹のなる美しい村は永劫の夢
日が高くなったので
――あの野原を歩きましょう
叢中のバッタが這い出したので物語が始まる
人生を語る人が野のはずれに住んでいて
頼めばいい話をしてくれる
――野辺の仙人に会いに行きましょう

隠沼のイモリの赤い腹
泥底に射した淡い光に照らされている
赤と黒の毒々しい色
水底を暖める光の中の安らぎ
時折　水面に口を出し息を継ぐ
小さな水の世界の命の営み
青い青い草いきれ

煮炊きする煙が靡いている
野辺の仙人は笑って言う
——風に流されて生きるのが一番
——腹が満たされれば　さらにいい

高くなった野の草が波のようにうねり

虫が一斉に飛び立って一緒に旅に出ようと誘う
湿った風が吹いている
私の行き先は蒼穹の中
そのもっと先に何があるかは知らない

高台の家

細い道を歩いて坂の上まで来た時
遠い街が見渡せた
空が広がって小さな雲が浮かんでいて
家々の屋根を下に見る高台に古い洋館が見える
一人暮らしの女主人が誰にも看取られずに死んだ家
乾いた死体が見つかった
死臭もなくジャスミンの香りがしたという
琥珀色した皮膚は鈍い光に輝いて
樹状の皺が粘菌類のように伸びている

頭部の毛髪が生のつやを見せ
食べかけのパンが堅くなって女主人の手の中にあった
その見事に美しい死体
久しいあいだガラス窓の光を受けて
静寂の中にあった
乾いた世界の清潔な光景

坂を下りた
道下の家の窓が開いている
白い脚がからまって見える
四本の脚　男と女のようだ
チューブのようにもつれ　よじれ
海綿動物のように蠢いている
風が吹いた

カーテンがふくらんで四本の脚は視界から消えた

轟く遠雷
土と草の匂いのする湿った風が辺りを包む
人の動きがあわただしくなって
どこかで犬が吠えている
初夏の蒸し暑い昼下がり
坂の町は息を潜めて雨を待っている

石段

石段を上がった先は空
コンクリートの割れ目の赤い小さな花
種の落ちた所が生きる場所
風が運んだ砂が石段の隅に溜まったまま
砂丘のようなカーブを見せ
蟻がその上を走っている
真昼の日差しの下の小さな世界

白いワンピースの女が下りて行く

水色の日よけ帽子を片手で押さえ
足下の影を踏みながら
リズミカルに下りて行く
眼下は青い海
風が出て斜面の草が靡く
スカートが膨らんで
漂うような夏服の人
沈むように小さくなって
石段が切れた辺りで見えなくなった

虫が一匹風に乗る
海の方へ飛んでゆく
光の中に消えてゆく

海の声

海の声を聞く
光る海に方舟が浮かぶ
お～いと声をかけたが
行ってしまった
裸体の女が岩場で肌を焼いている
風が都会の匂いを運んできて
かもめたちが騒ぐ

岬の森へ行くと

幻影の人に会えるだろう
湧水に顔を浸して　甘い夢を見る
雲間から光が射した辺りに集落があり
人々が静かに暮らしている
旅に出る人は別れを惜しみ
風に運ばれた砂が道を隠し
海に下りる道は見えなくなった

アポロンの眩しさ　ポセイドンのたくましさ
さっきの女が海に入る
注ぐ光が裸体に陰影を作る
流れるような曲線　素肌が濡れてゆく
振り向いた顔はどこかで見たことがある
ボッティチェリの絵のビーナスだった

ビーナスは海の青さに溶け込んで
海面に曲線だけを残した

青い風

春の日差しの柔らかい影は
その人の微妙な表情まで隠せなかった
笑顔のすき間から悲しみの色が差し
私たちは何も無かったように笑顔を作り
時間の過ぎるのを待った
横顔の向こうは相模灘
水平線が唇の辺りを横切って
白い貨物船が行く　南の方へ
光が海原に反射して鏡のように眩しい

女の横顔は逆光で青みを帯びた

悲しい街の話をしてくれた人
——もう　あの話は終わりですか
——楽しいことも聞かせて下さい
女の人は黙ってしまった
言葉は海に散らばって輝いた
話す言葉は波に漂う
あるいは　鷗になって飛んでゆく
空と海の間を飛翔する

青い風が梢を騒がせ
落下した葉っぱが帽子についた
帽子の下の顔が透明となり　やがて

空となって雲が流れた
消えてゆく思いの儚さ
それは淋しさの色を帯び
あなたの言葉が残響のように届く
相模灘の青い風

ある夏の日

夏の間　日の当たっていた街は
涼しい風が吹き始めると見えなくなった
それは幻影の風景
幻影の街であった
私が生きている間の存在
語る言葉が見失われ
人通りの少なくなった街路に
夏の光がまぶしい

もう随分遠くまで来たのに
何も見つけられずにいる
残された道のりは長くない
夏草が茂る道は見えなくなった
「あなたの探していたものは何ですか」
と　聞く声がする
何かしらのメッセージ

夏も終わりのある日
日盛りの帽子の下の青い影
あなたは確かに微笑んでいたが
風で靡く髪で見えなかった
去って行くあなたの後ろ姿は風を受け
青いワンピースが波のように流れた

悲しみはいつも突然やって来て
何事もなかったように去ってゆく
静かな時間の中で
人生の出来事の一つが終わった

廃園

廃園の毀れた石段に
葉を落とした蔦が壁を這う
廃墟の床の溜まり水に蛾の死骸が浮かび
枯れた茎に蟷螂が虫を待っている
夏の終わりからずっとそのままの姿勢で
虫を待っている

廃園に白い花が咲いた
かつての住人が育てていた花なのだろう

人のいない庭で今年もひっそり咲いている
明るい秋の光が注ぐ
毀れたドアが傾いたまま動かない
すき間から見える床
木製の椅子が転がっている
集合写真が褪色してゆく
沈黙した時間　止まったままの時間
語られない物語が埃に隠れ
絡まる言葉が蠢いている

わずかに空気が流れ乾いた臭いがした
一緒に森に戻るがいい
壁は破片となって散乱し葎の中に沈んでゆく
やがて木が大きくなって

なにもかも森に還ってゆく
何の痕跡も残さずに草に覆われて

Ⅲ

深層の呻吟

あの時以来
繰り返される嘔吐で不毛になった地
少年の皮膚に刻まれた痕跡は黒く変色し
風化の時を待っている
ガラスの破片が散乱し
散歩者の足を切り裂いた
鮮血は地を覆い　やがて
瘡蓋となって地に張り付いた
記憶は土に葬られ

語る言葉も仄かになった

言葉を下さい
伝え語る言葉の数々を
時がたっても褪せる事の無い本当の言葉を
その言葉を恐れる者たちを忘れはしない
赦しはしない
空と土に散乱した物と記憶を集めて
あの者たちへ贈りましょう

乾いた地に草が生え
そよ吹く風の日に
白い花も確かに咲いたが
深層の呻吟は続く

クローバー

山の上に雲がかかった日
乾いた風の音を聞いた
望まぬ未来が現実となり
行き場のない怒りがさ迷う
進行する腐敗と崩壊
廃液は垂れ流されて
異臭を放つ汚泥は地下に隠された
沃野は干からびた地となり

人々は行き場を失った
悲しみは粉塵のように散らばって
何も無かったような日常が戻った

不眠の夜から逃げて来た人々が群れ
——ここは我々の土地だった
と　叫んだ
——クローバーの種を播きましょう
黒い種は不毛の地の希望の芽生え
やがて白い花を咲かせたが
心の空洞を埋められた人はいなかった

言葉

言いたい事はあるが
それを口にすると何かがこわれそうで
言葉を飲んだ
場合によって言えない言葉があるのだ
それでも言いたい
そんな衝動を抑えて
黙ってしまった
あの人の着ているセーターの色や
きのこのような髪型を思い浮かべて

心が浮き立つような気がした
が　直ぐに冷めてしまった
思いが深ければ深いほど
別れもつらい
何も言わずにそっと通り過ぎる
そして
誰もいない所で
空を見ながら言ってみる
「…………」
と
去りゆく人は小さな点となり
落陽の中を揺らいで溶けてゆく

昼下がり

風が光ると
もう会うことのない人たちの
懐かしい面影が物陰に見えた
そこへ走って行こうとすると
忽然と消えた
いつか行ったことのあるあの街の
戯れる人々の声の余韻が
鋼鉄の壁に赤錆びた線条を残した

歩く先は海に続く道

小さなつむじ風が立ち
猫が路地の奥へと逃げ込んだ
訪ねる先は何もない
光と影の移ろいに心を託したかっただけ

海を見下ろす狭い空き地に
昔　古い時計台のあった所
散乱するコンクリートの破片に夏草が繁る
小さな青い虫が飛んだ
風に乗って崖下の街に消えた
その自由な飛翔に何かが解放された
どこまでも続く坂道
坂道を上る人の影が揺らいでいる
夏の始めの昼下がり

気球

ドアの向こうは空
つめたい青灰色の雲がたなびく
気球が浮かんでいる
ゴンドラに赤い服を着た人が手を振っている
遠くへ行くのだろう
空の長い旅へ

ドアの内側は物が散乱し
明るい陽射しが注いでいる

転がったレモンが美しい
生活の音もする
混沌の中の落ち着き
澱んだ空気が動かない
壁や階段にひびが入り
乾燥した蔦がからまっている

開放された窓から吹き入る風
気球に乗った人は遠くへ行ったろうか
希望の地は見つかったろうか
明日もまた同じ時間と空間の中
部屋の椅子は壊れたまま

部屋の空気は流れ始め

広くなった空に鳥が飛ぶ
灯りを点けなくては
心が軽くなって傾いた壁掛時計を直した
さあ　少しずつ片付けよう

廃屋の住人

海の見える崖上の廃屋に住む男
猫と一緒に暮らしている
ホームレスが勝手に入って住んでいるのだと
近所の人々は噂した
老人と空き家の多い街
坂の多さに大抵は杖を持って歩いている
男の評判は悪くなく
愛想がよくて親切なのだ
老婆の家の戸の軋みを直してやったり

釣ってきた鰺を振る舞ったりしていた
時折　干物を焼く煙が立つ
男が魚を焼いているのだ
猫は食後の残飯に期待して長鳴きをする

秋になって廃屋は静かになった
猫の声もしなくなった
傾いた台所からは音がしなくなり
干物を焼く煙も出なくなった
どうしたのだろうと　近所の人々は噂した
廃屋の入り口は草で覆われて入れない
近所の人が声をかけたが返事は無かった
どうやら引っ越したらしい
近所の人々はなにやら淋しく思った

海水浴客も去って砂浜に秋風が吹く
海上に白い波がたつ
イルカが遊泳しているのだ
何頭かのイルカがぐるぐる泳いでいる
その中に一人の男が泳いでいる
イルカと戯れるように波に乗っている
あの男だ　廃屋に住んでいた男だった
沖へ沖へと蛇行しながら泳いでいる
イルカたちと一緒に沖に向かっている
近くの漁船の漁師が声をかけたが
一瞬振り返り　にっこり笑って行ってしまった

イルカと男はだんだん小さくなって

水平線の辺りで見えなくなった

再生

海に面した斜面には
ヒメシャラの木が幾本か育ち
芝生を撫でる海からの風
私の骨灰は木の下に埋められる
樹木葬の明るさ
風がいつでも吹いている
埋められた骨灰は風に曝され舞い上がる
さらさらと話をするように
軽やかに風に運ばれ
海の方へと流れてゆく

高く吹き上がった骨灰は蒼穹の奥へ　さらに高く
宇宙の塵となり
海に散った骨灰は魚の餌になる
海底の泥土になった骨灰は命の揺籃となる

それぞれの旅立ち
新しい役割を得て
私の骨灰は余すこと無く
広大な宇宙の一部となって生き続ける

今日も樹木葬の広場に骨灰を撒きにくる人がいる
散る花びらを受けながら
祝福される再生
そして　新しい物語が始まる

方舟

秋風が吹くと
海は青さをました
方舟は出発の用意
──私も一緒に連れて行って下さいな
──息苦しい舟底の旅はイヤ
そんな言葉が飛び交う波止場
忘れ物はないですか

あいまいな希望と未来が

無秩序な風景の中に散在している
変化を捨てた者たちが昨日の残飯を漁る
荒地を耕す人もなく
投げやりな空気が漂う
柱時計は埃を被って動かない

さあ　旅立ちだ
彼の地でやり直しましょう
――この国を出るのはいいことだ
それとも
もう一度　あの柱時計を直しましょうか
出航は近づいたが

春の窓

窓を背に座っている人
顔の淡い影　定かでない表情
そよ吹く風に髪を梳かせて
静かな時間の流れ　漂う薔薇の香
島田章三*の絵のような女の輪郭
何か言っているようだが歌のようにも聞こえた
言葉が調べをつけて流れている
窓の向こうは春の空

――あなたの人生は
と言うようなことを言っている
どうやら私への批判と説教のようだった
何か緊張はしたが嬉しい気分にもなって
心が和らいでゆく
女の言葉のやさしい響き
関心を持ってくれる人のいる喜びと安堵
シルエットとなった女の姿
春の日をあたためた人
夢を見ているのか

心に残響と清(さや)かな色の広がり
過去は美しいものではなかった
無計画で放縦な生き様

私の人生の殆どを荒地と化した
もはやその地を耕すことはない
夏草も繁らない地に慣れた

美しい窓は春の空
あの雲はどこへいくのだろうか
残る時間をしっかり生きよ
と言う

＊　島田章三（一九三三―二〇一六）　国画会の画家

空・音・夜

いつも窓を見ていた
空が広がり雲が流れていた
それだけのことだった
流れる雲を見ていたら
やがて　見えなくなった
静かな空は
銅版画で見たことのある空だった
水平に雲が浮いていて
淡い黄色だったり　灰色だったりした

空の色は刻々変わっていて
雲と空とが色遊びをしているようだった

海鳴りか　人の声か　木々のざわめきか
定かでない音が
遠いところから　地を這うように
黒い海と森を抜け
今　ひとりの耳が聞いている
身体にまとわりつく湿気
逃げようのない時間と空間
誰かがいたような気配がして
光がわずかに射した
卓上のガラス器の七色の彩り
風が少し出たようだ

沈黙した夜の向こうに
静かな時間が流れていて
星の輝く音がする
夜空が広がって星が小さくなった
銀河鉄道のテールランプの赤い灯は
星空の奥に消えてゆく
そして　その暁闇の先に
明日が広がっているにちがいない

あとがき

　第一詩集を出して一年半、もう少し間を置けばと思ったが、第一詩集に感じた課題と漠然とした不足感が詩心を急がせた。また、自分の年齢を考えると、ゆっくり時間をかける余裕もない。そんな焦燥感もあっての今回の出版である。

　詩集を出すということは、何やら恥ずかしい感じもあって、大海に船出する心細さもある。しかし、自分の詩がどの程度なのか、返ってくる評価はどんなものか知りたいところである。今更、詩壇に登壇して高い評価を得ようなどと思わないし、そんな実力もない。自分なりに詩の世界を楽しめればいいと思う。

　近年まで絵の制作に夢中になっていた。それを五年前に筆を折った。先の見通しが立たなくなったことがある。絵は増える、部屋は狭くなる、画材に相当な出費が嵩むなど現実的な問題がのしかかり、きっぱりと絵をやめた。それで詩に乗り換えたということではない。詩も絵も少年の頃から親しんできたものである。絵心も詩心も同じ泉から出ている。折に触れ、何かを感じる心は同じである。表現する形態が違うだけである。出会った風景に光や風を感じると絵の構図と色が現れ、言葉なら詩的なフレーズが出て来る。形と色と言葉が一体となる。そこにはなんの矛盾も生じない。私には自然なことなのである。これからもそんな表現を楽しみたいと思う。

第一詩集『時、それぞれの景』は日本詩歌句随筆評論大賞の詩部門で土曜美術社賞を頂いた。それが縁で今回、土曜美術社出版販売より出版することになりました。出版に際し高木祐子氏はじめスタッフの皆様には肌理の細かい助言を頂き、第二詩集出版の運びとなりました。心から感謝申し上げます。

二〇二三年六月　伊豆小室山麓にて

鳥飼丈夫

著者略歴
鳥飼丈夫（とりがい・たけお）

1947年　京都市生まれ

日本詩人クラブ会員　静岡県文学連盟会員
伊東市短歌連盟会員
詩誌「風越」主宰　「岩漿」同人
2020年　第46回佐佐木信綱祭大賞受賞（短歌）
2022年　詩集『時、それぞれの景』（文化企画 アオサギ）
第18回日本詩歌句随筆評論大賞「詩部門」土曜美術社賞受賞

現住所　〒414-0051　静岡県伊東市吉田1030-49

詩集　歩行感覚（ほこうかんかく）

発　行　二〇二三年八月二十日

著　者　鳥飼丈夫
装　丁　高島鯉水子
発行者　高木祐子
発行所　土曜美術社出版販売
〒162-0813　東京都新宿区東五軒町三―一〇
電　話　〇三―五二二九―〇七三〇
ＦＡＸ　〇三―五二二九―〇七三二
振　替　〇〇一六〇―九―七五六九〇九
印刷・製本　モリモト印刷
ISBN978-4-8120-2783-7　C0092